A Hantle o Verse

POEMS *in* SCOTS *for* CHILDREN

compiled by

BETTE BOYD *and* MICHAEL ELDER

National Museums of Scotland

First published by NMSE–Publishing
a division of NMS Enterprises Limited
National Museums of Scotland
Chambers Street
Edinburgh EH1 1JF

Reprinted 2004

ISBN 1-901663-73-6

British Library Cataloguing in Publication Data
A catalogue record of this book
is available from the British Library.

Printed and bound in Great Britain by Athenaeum Press Ltd., Tyne & Wear.

Contents

Acknowledgements

THE Authors would like to thank the Scottish Poetry Library and Scottish Book Trust for their assistance in tracing the copyright holders of the poems contained within this book. We also acknowledge help given to us by Christine Robertson of Edinburgh University, Lindsey Fraser of Scottish Book Trust, Robin Smith of the National Dictionary of Scotland, Tegwen Wallace of Learning and Teaching Scotland, Mary Baxter of Glasgow, and Mrs Munro of Thurso.

The editors and publisher would like to thank the following for permission to reproduce copyright material: The Trustees of the National Library of Scotland for 'Bawsy Broon', 'Wullie Waggletail' and 'A Whigmaleerie' by William Soutar, from *Poems of William Soutar: a new selection*, edited by W R Aitken (Scottish Academic Press, Edinburgh 1988) © The National Library of Scotland; Maurice Lindsay for 'The Tunnel', from *Collected Poems 1940-90* (Mercat Press) © Maurice Lindsay; Campbell Thomson & McLaughlin Ltd for 'The Kirk Moose' by Lavinia Derwent, reprinted from *A Scots Handsel* (Oliver & Boyd 1980) © Campbell, Thomson & McLaughlin Ltd; Margaret Flaws for 'Tammie Norie', reprinted from *Kitty Berdo's Book of Orkney Nursery Rhymes* (Pittsvin, Wyre, Orkney); The Scottish National Dictionary Association for the poems of J K Annand, 'Mince and Tatties', 'Snawman', 'Halloween' and 'Twa Leggit Mice', originally published in *A Wale o Rhymes* (Macdonald, Loanhead 1989) © The Scottish National Dictionary Association; Alfred C Hunter for 'Coontit Oot', 'Background' and 'Beasties', the poems of Helen Burness Cruickshank, from *Collected Poems* (Gordon Wright Publishing) © Alfred C Hunter; Robert Stephen for 'The Moose and the Lion', from *The Fables of Aesop in Scots Verse* (Aulton Press, Peterhead) © Robert Stephen; Sheena Blackhall for 'Doric – Reggae – Spider Rap', from *A Toosht o Whigmaleeries* (Hammerfield Publishing) and 'The Hen's Lament', from *Cyrad's Kist* (Rainbow Enterprises) © Sheena Blackhall; Brown, Son & Ferguson for 'Dandie [the Sheepdog]' and 'The Bogle', from *Poems, Scots and English* (1932);

5

'The Lost Collie' and 'The Ballad of Macbeth', from *Random Rhymes and Ballads* by W D Cocker (Brown, Son & Ferguson 1955) © Brown, Son & Ferguson; Ian McFadyen for 'The First Hoolit's Prayer', reprinted from *The Kist/A 'Chiste* (Thomas Nelson and Son Ltd 1996) © Ian McFadyen; Jim Blaikie for 'The Evacuee', from *A Laddie Looks at Leith* (Hobby Press 1993) © Jim Blaikie; Christine De Luca for 'Magnus, da Yöl Pony', from *Wast Wi Da Valkyries* (Shetland Library) © Christine De Luca; Ian Hamilton Finlay for 'Giraffe', reprinted from *Ram Tam Toosh* (Oliver & Boyd) © Ian Hamilton Finlay; The Saltire Society for 'Fi'baw in the Street' by Robert Garioch, from *Complete Poetical Works* © The Saltire Society; The Charles Murray Mermorial Fund for 'The Whistle' by Charles Murray, from *Hamewith* (Constable & Company, 1910) © The Charles Murray Memorial Fund; Stephen Mulrine for 'The Coming of the Wee Malkies' (Akros Publications, Preston 1968) © Stephen Mulrine; Margaret Green for 'The Ballad of Janitor Mackay', from *The Kist/A 'Chiste* (Thomas Nelson and Son Ltd 1996) © Margaret Green; Lindsay Cole for 'Summer Holiday' © Lindsay Cole; Jenny S Stewart for 'Tatties, Cabbages and Ham' © Jenny Stewart; Josephine Neill: the David Rorie Society for 'The Lum Hat Wantin the Croon', from *The Lum Hat Wantin the Croon* (Moray Press 1935) © the David Rorie Society; Ann Barrett for 'Greyfriars Bobby' by E M Sulley; Adam McNaughtan for 'The Jeely Piece Song', reprinted from *The Kist/A 'Chiste* (Thomas Nelson and Son Ltd 1996) © Adam McNaughtan; Janet Paisley for 'Breakin Rainbows', reprinted from *Breakin Rainbows* © Janet Paisley.

Every effort has been made to trace holders of copyright, but in a few cases this has proved impossible. The publisher would be interested to hear from any copyright holders here not acknowledged.

Picture Credits

Page 14 © Commann Eachdraidh Uibhist a'Tuath Collection; *pages* 9, 25 © Joseph McKenzie; *page* 66 © School of Scottish Studies; *pages* 13, 23, 34, 36, 40, 47, 55, 58, 79 (and cover) © Scottish Life Archive, courtesy of the Trustees of the National Museums of Scotland; *pages* 18, 30 © Scottish Media Group; *page* 17 © The Scotsman Publications Ltd.

Introduction

WHEN the idea of putting together an anthology of Scots poetry was first considered, we hesitated at the thought of the amount of material we would have to read through to make a selection. There are so many poems in Scots, ranging from tragedy through terror to sheer knockabout comedy. You will find examples of them all in this book.

One way of reducing the task was to include only poems actually written in Scots: not poems in English about Scotland and not poems written by Scots in English. This was a decision we made early on, realising that lessening the weight of material would also give us the chance, through many of the poems included, to present the Scots language to children in a way their great-grandparents may have spoken it, using words which were quite natural to them but which are almost forgotten today. With radio, television and films tending to flatten out all dialects, some words were, until recently, in danger of disappearing altogether.

Fortunately, in the last few years there has been a revival of interest in Scotland and all things Scottish, and with the establishment of the Scottish Parliament, the negative trend is being reversed, particularly by the Scots themselves. Whereas fifty years ago children in Scottish schools were actually punished for using Scots words, they are now actively encouraged to use them and to explore their richness and variety. We hope that *A Hantle o Verse* will assist this enlightened trend to continue.

The decision to make an all Scots language anthology meant leaving out a lot of poems which people regard as Scottish, but which are not actually written in Scots. However, even after these automatic rejections, the task has not been easy. Space alone has been limited.

So what at the end of the task were we looking for? All right, we wanted poems in Scots, but we also wanted to include poems from the distant past and right up to the present day. We also wanted to include examples from all parts of Scotland so that we would achieve a fair representation of dialects.

However, there is one glaring omission. There are no poems in Gaelic.

There are several reasons for this. Mainly it is because Gaelic is a different language and belongs to a different culture. Under the rules we set ourselves, Gaelic poems translated into English would not qualify. And there are very few Gaelic poems translated into Scots. We've looked!

So we admit that the Highlands and Islands are not represented. But we have endeavoured to cover all other parts of the country, from Orkney and Shetland, all the way from Caithness through Aberdeen, the Mearns, Perth and Fife, to Edinburgh and Glasgow, and down into the Borders and Ayrshire. This has brought its own problems. The language varies so much from district to district that we wondered whether to change the spelling of words so that they would be standardised throughout the book, or whether we should stick to what each individual poet wrote. For instance the word 'dog' (and you'll find many dogs in this book) appears as 'dog', 'dug' or 'doug' from three different poets. Each form is correct for the district the poem was written in. In the end we took the decision not to try to standardise the spelling, but to leave the words in each poem as they were written. The sheer diversity of the Scots language deserves to be celebrated in the form the authors originally intended.

As Scots ourselves we came to appreciate, while working on this book, not only the variety of our language, but its richness and subtlety developed through many centuries. Many of the words are difficult if not impossible to translate accurately into English, but, after a slight recent hiccup, we hope they grow meaningful once more to a new generation of Scots. Enjoy the book.

Bette Boyd *and* Michael Elder

Blethers

March borrowed frae April
Three days and they were ill;
The first o them was wind and weet,
The second o them was snaw an sleet,
The third o them was sic a freeze
It froze the birds' nebs to the trees.

– from *Chambers Popular Rhymes*
of Scotland, 1841 –

Aipple Tree

As I gaed up the aipple tree
Aa the aipples fell on me.
Bake a pudden, bake a pie,
Send it to the Lord Mackay.
The Lord Mackay's no in
Send it to the Man in the Mune.
The Man in the Mune's mendin shune,
Tippence a pair and they're aa dune.

– Traditional –

I Saw a Doo

I saw a doo flee ower the dam
Wi silver wings an golden ban.
She leukit east, she leukit west,
She leukit fahr tae licht on bast.

She lichtit on a bank o san
Tae see the cocks o Cumberlan.
          Fite pudden,
          Black troot,
          Ye're oot.

– Traditional –

The Gundy Man

Tam, Tam, the Gundy Man
Washed his face in the frying-pan
Kaimed his hair
Wi the leg o the chair
Tam, Tam, the Gundy Man.

– Traditional –

Mince and Tatties

I dinna like hail tatties
Pit on my plate o mince
For when I tak my denner
I eat them baith at yince.

Sae mash and mix the tatties
Wi mince into the mashin,
And sic a tasty denner
Will aye be voted 'Smashin!'

– J K Annand –

Tammy Norie
(the puffin)

Ah'll tell dee a story
Aboot Tammy Norie
An noo me story's begun

Ah'll tell dee anidder
Aboot Tammy's bridder
An noo me story is don.

– from Shetland –

John Smith, Fallow Fine

John Smith, fallow fine,
Can ye shoe this horse o mine?
Yes, indeed, and that I can
Jist as weel as ony man.
Ca a nail into the tae
To gar the pownie speel the brae;
Ca a nail into the heel,
To gar the pownie pace weel;
There's a nail and there's a brod
There's a pownie weel-shod,
Weel-shod, weel-shod, weel-shod pownie.

– Anon –

This is the wey the leddies ride,
Jimp and sma, jimp and sma!
This is the wey the gentlemen ride,
Trottin a', trottin a'!
This is the wey the cadgers ride,
Creels and a! creels and a!!
creels and a!!!

              – Traditional –

Ah hae a wee dug
His name is Sunny Jim
He rins aboot the gairden
An ah play gemms wi him.

Ae day he followed me tae schule
The teacher wasnae pleased
She said, 'It is against the rule
Remove him if you please'.

He sometimes chows ma baffies
An ma rid rubber baw … but
Ah wudna chynge ma ain wee dug
Fur onythin at aw.

– Anon –

There was a wee bit mousikie,
That lived in Gilberaty, O,
It couldna get a bite o cheese,
For cheeky – poussie – catty, O.

It said unto the cheesikie,
'O fain wad I be at ye, O
If it were na for the cruel paws
O cheeky – poussie – catty, O'.

– Traditional –

Wullie Waggletail
(pied wagtail)

Wee Wullie Waggletail, what is a' your stishie?
Tak a sowp o' water and coorie on a stane:
Ilka tree stands dozent, and the wind without a hishie
Fitters in atween the fleurs and shogs them, ane be ane.

What whigmaleerie gars ye jowp and jink amang the duckies,
Wi' a rowsan simmer sün beekin on your croun:
Wheeple, wheeple, wheeplin like a wee burn owre the chuckies,
And wagglin here, and wagglin there, and wagglin up and doun.

– William Soutar –

Sticks an stanes'll brak ma banes
But names'll nivver hurt me
An fin am deid an in ma grave
Ye'll suffer fur fit ye caad me.

Matthew, Mark, Luke, John,
Haud the horse till I loup on;
Haud it fast an haud it sure,
Till I get ower the misty muir.

- Traditional -

Coontit oot

Eenerty, feenerty, fickerty, feg,
I saw a man wi a crookity leg,
Irkie, birkie, story, rock,
Airmin a wife wi a raggity frock,
Black pudden, white troot,
Fat were thae twa tinks aboot?
El, del, domin, eg,
She rappt at the door an beguid tae beg,
The collie flew oot and gied her a fleg,
He nippit her ankle an tore her frock
An, tan, toose, jock,

My man woke up an threw them oot,
Black pudden, white troot.

An that's the end o my story.

– Helen B Cruickshank –

Twa wee fishes
Swimmin oot tae sea,
Gin ah catch ye wi ma net,
Ah'll hae ye fur ma tea.

– Anon –

Bairns

The Ballad of Janitor Mackay

I wis playin keepie uppie
in the street ootside the schule,
when Jock McCann's big brither
who's an idjit an a fule,

went an tuk ma fitba aff me
an he dunted it too hard
an it stoated ower the railins
inty the janny's yard.

Aw, Mackay's a mean auld scunner,
He wis dossin in the sun,
an when ma fitba pit wan oan him
big McCann beganty run,

an Mackay picked up ma fitba
an he looked at me an glowered
but I stood ma groond, fur nae-
body will say that I'm a coward.

But when he lowped the palins
an he fell an skint his nose
I tukty ma heels an beltit
right up ma granny's close.

I could feel the sterrwell shakin
as efter me he tore,
an he nearly cracked his wallies
as he cursed at me an swore.

'O save me gran,' I stuttered
as I reached ma granny's hoose,
fur Mackay wis gettin nearer
an his face wis turnin puce.

Noo, my gran wis hivin tea
Wi Effie Bruce and Mrs Scobie,
an when she heard the stushie
she cam beltin through the loaby.

Ma gran is only fower fit ten
but she kens whit she's aboot,
'Yev hud it noo, Mackay,' I cried,
'Ma gran will sort ye oot!'

See the janny? See ma granny?
My granny hit um wi a sanny
then she timmed the bucket ower um
an he tummelt doon the ster
an he landed in the dunny
wi the baikie in his herr.

Fortune changes awfy sudden –
imagine he cried *me* a midden!

(I goat ma ba back! – but.)

– Margaret Green –

Background

Frost, I mind, an snaw,
An a bairn comin hame frae the schule
Greetin, nearly, wi cauld,
But seein, for a' that,
The icicles i the ditch,
The snaw-ploo's marbled tracks,
An the print o the rabbits' feet
At the hole i the wire.

'Bairn, ye're blue wi cauld!'
An apron warmed at the fire,
An frostit fingers rubbed
Till they dirl wi pain.
Buttered toast an tea,
The yellow licht o the lamp,
An the cat on the clootie rug
Afore the fire.

– Helen B Cruickshank –

Snawman

We soopit and we shovelled
And made a man o snaw
Wi chuckie stanes for buttons
For een and neb ana.

We gied him Geordie's gravat
And Grandpa's auld lum hat,
We even borrowed Faither's pipe
– Did he no girn at that!

And ilka ane that saw him
Declared that he looked braw,
But och! the thowe cam far owre quick
And meltit him awa.

– J K Annand –

Schule in June

There's no a clood in the sky,
   The hill's clear as can be,
An the broon road's windin ower it,
   But – no for me!

It's June, wi a splairge o colour
   In glen an on hill,
An it's me wad be lyin up yonder,
   But then – there's the schule.

There's a wude wi a burn rinnin through it,
   Caller an cool,
Whaur the sun splashes licht on the bracken
   An dapples the pool.

There's a sang in the soon o the watter,
   Sang sighs in the air,
An the worl disnae maitter a docken
   To yin that's up there.

A hop an a step frae the windie,
   Just fower mile awa,
An I could be lyin there thinkin
   O naething ava.

Ay! – the schule is a winnerful place,
    Gin ye tak it a roon,
An I've nae objection to lessons,
    Whiles – but in June?

                    – Robert Bain –

The Jeely Piece Song

I'm a skyscraper wean; I live on the nineteenth flair,
But I'm no gaun oot tae play ony mair,
Cause since we moved tae Castlemilk, I'm wastin away
Cause I'm gettin wan meal less every day:

    [CHORUS]
    Oh ye cannae fling pieces oot a twenty storey flat,
    Seven hundred hungry weans'll testify to that.
    If it's butter, cheese, or jeely, if the breid is plain or pan,
    The odds against it reaching earth are ninety-nine tae wan.

On the first day ma maw flung oot a daud o Hovis broon;
It come skytin oot the windae and went up insteid o doon.
Noo every twenty-seven oors it comes back intae sight
Cause ma piece went intae orbit and became a satellite.

On the second day ma maw flung me a piece oot wance again;
It went up and hut a pilot in a fast low-flying plane.
He scraped it aff his goggles, shoutin through the intercom.
'The Clydeside Reds huv goat me wi a breid-an-jeely bomb.'

On the third day ma maw thought she would try another throw.
The Salvation Army band was staunin doon below.
'Onward, Christian Soldiers' was the piece they should've played
But the oompah man was playin a piece an marmalade.

We've wrote away tae Oxfam tae try an get some aid,
An aw the weans in Castlemilk have formed a 'piece brigade'.
We're gauny march tae George's Square demanding civil rights
Like nae mair hooses ower piece-flinging height.

– Adam McNaughtan –

Conscience

Twas a bonnie day – and a day o dule
The day I plunket the Sawbath schule!

I wanert awa ayont the knowes,
Whaur the bluebell blaws and the arnut grows;
The bee on the thistle, the bird on the tree –
Athing I saw was blithe – but me.

Weary and wae at last I sank
'Mang the gowan beds on the railway bank –
But never a train cam whistlin by –
And, oh! but a lanely bairn was I.

And I joukit hame frae tree to tree –
For I kent that I was whaur I sudna be,
When I saw the bad men – the men that play
At cartes and quoits on the Sawbath Day.

But – cunnin wee cowart – I waitit till
It was time to skail frae the Sawbath schule;
Naebody kent – but I kent mysel –
And I gaed to my bed in the fear o hell.

Conscience, thou Justice cauld and stern,
Aften thy sairest word I earn:
But this is a thing I'll ne'er forgie –
It wasna fair wi a bairn like me.

– Walter Wingate –

Twa-leggit Mice

My mither says that we hae mice
That open air-ticht tins
And eat her chocolate biscuits
And cakes and siclike things.

Nae doubt it is an awfu shame
That mice should get the blame,
It's really me that rypes the tins
When left my lane at hame.

But jings! I get fair hungert
And biscuits taste sae nice
But dinna tell my mither for
She thinks it is the mice.

– J K Annand –

The Whistle

He cut a sappy sucker frae the muckle rodden-tree
He trimmed it, an he wet it, an he thumped it on his knee;
He never heard the teuchat when the harrow broke her eggs,
He missed the craggit heron nabbin puddocks in the seggs,
He forgot to hound the collie at the cattle when they strayed,
But you should hae seen the whistle that the wee herd made!

He wheepled on't at mornin an he tweetled on't at nicht,
He puffed his freckled cheeks until his nose sank oot o sicht,

27

The kye were late for milkin when he piped them up the closs,
The kitlins got his supper syne, an he was beddit boss;
But he cared na doit nor docken what they did or thocht or said,
There was comfort in the whistle that the wee herd made.

For lyin lang o mornins he had clawed the caup for weeks,
But noo he had his bonnet on afore the lave had breeks;
He was whistlin to the porridge that were hott'rin on the fire,
He was whistlin ower the travise to the baillie in the byre;
Nae a blackbird nor a mavis, that hae pipin' for their trade,
Was a marrow for the whistle that the wee herd made.

He played a march to battle, it cam dirlin through the mist,
Till the halflin squared his shou'ders an made up his mind to 'list;
He tried a spring for wooers, though he wistna what it meant,
But the kitchen-lass was lauchin an he thocht she maybe kent;
He got ream an buttered bannocks for the lovin lilt he played.
Wasna that a cheery whistle that the wee herd made?

He blew them rants sae lively, schottisches, reels, an jigs,
The foalie flang his muckle legs an capered ower the rigs,
The grey-tailed futt'rat bobbit oot to hear his ain strathspey,
The bawd cam loupin through the corn to 'Clean Pease Strae';
The feet o ilka man an beast gat youkie when he played –
Hae ye ever heard o whistle like the wee herd made?

But the snaw it stopped the herdin an the winter brocht him dool,
When in spite o hacks an chilblains he was shod again for school;
He couldna sough the catechis nor pipe the rule o three,

He was keepit in an lickit when the ither loons got free;
But he aften played the truant – 'twas the only thing he played,
For the maister brunt the whistle that the wee herd made!

– Charles Murray –

Breakin Rainbows

He wis jist a wee lad
dibblin in a puddle
glaur frae heid tae fit,
enjoyin haen a guddle.
He micht hae been a poacher
puin salmon fae the beck.
He coulda been a paratrooper,
swamp up tae his neck.
Maybe he wis breakin rainbows
reflect'd in the watter,
his ill-shod feet would split the prism
an mak the colours scatter.
Ony wey, he wis faur awa,
deep wander'd in his dreams.
It richt sobered me tae min
a dub's no whit it seems.
An while ah watched an grieved
the loss that maks a man a mug,
alang the road fair breinged his Maw
an skelped him roon the lug.

– Janet Paisley –

Fi'baw in the Street

Shote! here's the poliss,
the Gayfield poliss,
    an thull pi'iz in the nick fir
    pleyan fi'baw in the street!
Yin o thum's a faw'y
like a muckle foazie taw'y,
    bi the ither's lang an skinnylike,
    wi umberrelly feet.
Ach, awa, says Tammy Curtis,
fir thir baith owre blate ti hurt iz
    thir a glaikit pair o Teuchters
    an as Hielant as a peat.
Shote! thayr thir comin

wi the hurdygurdy wummin
    tha we coupit wi her puggy
    pleyan fi'baw in the street.
Sae wur aff by Cockie-Dudgeons an
    the Sandies and the Coup,
an wir owre a dizzen fences tha
    the coppers canny loup,
an wir in an ou' o backgreens an
    wir dreepan muckle dikes,
an we tear ir claes on railins
    full o nesty irin spikes.
An aw the time the skinnylinky
    copper's a'ir heels,
though the faw'y's deid ir deean,
    this yin seems ti rin on wheels:
noo he's stickit on a railin wi
    his helmet on a spike,
noo he's up an owre an rinnan, did
    ye iver see the like?
Bi we stour awa ti Puddocky
    (that's doon by Logie Green)
an wir roon by Beaverhaw whayr
    deil a beaver's iver seen;
noo wir aff wi buitts an stockins
    an wir wadan roon a fence
(i sticks oot inty the wa'er, bi
    tha's nithin if ye've sense)
syne we cooshy doon thegither
    jist like choockies wi a hen
In a bonny wee-bit bunky-hole
    tha bobbies dinny ken.

Bi ma knees is skint an bluddan,
      an ma breeks they want the seat,
   jings! ye git mair nir ye're eftir,
      pleyan fi'baw in the street.

– Robert Garioch –

The Galleon

The wee lad stood on the causey side
   With a face that was covered in guilt
As he watched the approach of a muckle great lass,
   And if looks could kill he'd be killt.

The big lass came on like a ship in full sail,
   A galleon braw was she.
And ahint her she towed, like a boat, a wee lass
   Who was greetin as sair as could be.

The greetin wee lass was weel happit up
   In a coat high in fashion and price.
The big lass hove to alongside the lad
   And his thrapple was gripped like a vice.

'Did you spit on her coat?' the galleon speirt
   With her een like canons ableeze.
He tried to protest as she forced him doon
   To grovel on clarty knees.

'What for would I spit on her coat?' he speirt:
    A picture of innocence he.
But the galleon stuck to her guns and her grip:
    Did you spit on her coat?' quo she.

By the pain in his thrapple the wee lad kent
    That the galleon meant to persist.
He'd have to change course to escape, so he said,
    'Aye, I spat on her coat – but I missed.'

                                        – Michael Elder –

Summer Holiday

Ma wee pal Billy's awfy lucky.
He's aye gettin things, it maks me seek.
He wuz saying tae us a', these simmer hols he's gaun awa,
Tae somewhaur reelly speshul fur a week.

His Ma's the worst toff that y'cud dream o,
An his Da's jus made o money – goat the loat.
Ah canna mine if it wuz Tenerify or Majorcay,
But ah'm shair that it wuz somewhaur awfy hoat.

So ah went tae ma faither an ah telt him,
That oor faimly's goat tae dae mair – can he no see?
Mair holidays in Spain an mair presents fur the wean,
Wud mak us a' as happy as can be.

Noo ma faither's niver bin a man fur spendin,
An he's niver been too flush wi ower much dough,
He says 'Tenerify or Majorcay? – ah'd be tellin you a porky,
If ah said wi hud the cash tae le' uz go.'

But if it's a reely braw holiday wur wantin,
Then he's goat just the thing fur Maw an me.
It's a sunlamp oota Boots an some bleach tae dye her roots
An a week spent doon at Butlins by the sea.

Sae we had porridge in the mornin wi the Redcoats,
An ma Da reelly spylt ma Maw an me.
An it reelly wuz dead guid – ye wur aye eatin food
Tha y' fancied – no whit Maw hud made fur tea.

An ah goat a postcaird fae wee Bill in Tenerify,
They'd a' hud tummy bugs an hud the shits,
But at Butlins doon in Ayr, ah won a wee moose at the fair,
So ah think that a' in a' ah'd ca us quits.

– Lindsay Cole –

The Evacuee

Ma gas mask boax hings frae ma neck,
Tears drappin frae ma ee;
Sniff'n blink; keep strecht in line;
I'm anither evacuee.

The Germans are comin, us bairns hiv tae gae;
For safety's sake we've tae flee;
They'll bomb a' oor hooses an schules an things,
But I'm only six – an juist wee.

I've left ma ain street an ma freens,
I'm pairt o this lang crocodile
O name-tagged weans (case we get lost);
Lookin roon I see niver a smile.

Big fowk are shoutin at us tae get on
The train steamin at the platform;
We clamber aboard, fecht for a seat
By the windae whaur sun's streamin warm.

I clutch on ma knees ma wee broon case,
I've tae keep it safe, ye see;
It's got ma toothpaste an pyjammys an things
That ye need tae live in the country.

For that's whaur we're goin, wi strangers tae bide;
I wunner if they'll like me?
I feel awfu lonely, an frichtit inside,
For I'm only six – an gey wee.

A puff an a toot, the train hurls oot,
An ma breist's churnin nervously;
Will I ever see ma mammy again?
For I'm only six – an I'm wee.

– Jim Blaikie –

Halloween

First comes the kirn-feast,
   Neist Halloween.
I got mysel a muckle neep
   Frae Fermer Broun yestreen.

I'll hollow oot the inside,
   Mak flegsome een and mou,
Pit in a lichtit caunle
   Tae gie them aa a grue.

We're ready noo for guisin
   And aa the friendly folk
Gie aipples, nits, and siller
   To fill the guisers' poke.

We'll feenish up at my hoose
Doukin in a byne
And eatin champit tatties
   Like auld lang syne.

          – J K Annand –

Tatties, Cabbage and Ham

Fit's teystier than fillet steak says ye?
Or yon foosum confection called Spam?
A pleyt fill o meyt at fills ye wi heyt
Good owld tatties an cabbage an ham.

Fan e cabbage is fresh up at Cherity Fairm
An Chock Mertin's been hervistin lan,
For a ham end nip doon, choost 'e thocht makes ye swoon
Good owld tatties an cabbage an ham.

Get e pan on till boil up yur porker,
Nivvur heyd yur roast beef or rolled lamb
Yur walls'll be runny, condensation no funny,
Good owld tatties an cabbage an ham.

'E bree at id's cooked in's delicious
Ah strain mines all oot o 'e pan,
Twa'r three carrids, some peas, bowl o soup at diz please,
Good owld tatties an cabbage an ham.

'E ham's pink an choosy all carved up,
Clap some butter on'd, lek yur owld gran
New tatties in chaikid, his Weekers no glaikid,
Good owld tattles an cabbage an ham.

Yur bowg's fill an groanin wi pleasure,
Id's a feed at takes back yur dear mam,
Mind, ye'll near come apert wi win fey yer hert
Good owld tatties an cabbage an ham.

– Jenny S Stewart –

Whit's in There?

Whit's in there?
Gowd an money.
Whaur's ma share o it?
The moosie ran awa wi it.
Whaur's the moosie?
In her hoosie.
Whaur's her hoosie?
In the wid.
Whaur's the wid?
The fire brunt it.
Whaur's the fire?
The watter quencht it.
Whaur's the watter?
The broon bull drank it.
Whaur's the bull?
Back o Burnie's Hill.
Whaur's Burnie's Hill?
A claid wi snaw.
Whaur's the snaw?
The sun meltit it.
Whaur's the sun?
Heigh, heigh up i the air.

– Traditional –

Bogles

The Tunnel

I wuldna gae near thon tunnel gin I was you,
for losh, it's a muckle great dragon's gantan mou!

Frae faur and near, it sooks in screaman trains;
and eftir it's swallow't them hail, you can hear its pains.

It burps out smeik and soot when it's jist had its fill,
but when it gets hungry, it liggs that quate and still.

I wuldna gae near thon dragonish tunnel the nou,
for it's no had a train for hours, and it micht eat you!

– Maurice Lindsay –

Bawsy Broon

Dinna gang out the nicht:
Dinna gang out the nicht:
Laich was the mune as I cam owre the muir;
Laich was the lauchin though nane was there:
Somebody nippit me,
Somebody trippit me;
Somebody grippit me roun' and aroun':
I ken it was Bawsy Broon:
I'm shair it was Bawsy Broon.

Dinna win out the nicht:
Dinna win out the nicht:

A rottan reeshl'd as I ran be the sike,
And the dead-bell dunnl'd owre the auld kirk-dyke:
Somebody nippit me,
Somebody trippit me;
Somebody grippit me roun' and aroun':
I ken it was Bawsy Broon:
I'm shair it was Bawsy Broon.

– William Soutar –

The Bogle

There's a bogle by the bour-tree at the lang loan heid,
I canna thole the thocht o him, he fills ma hert wi dreid;
He skirls like a hoolit, an he rattles aa his banes,
An gies himsel an unco fash to fricht wee weans.

He's never there by daylicht, but ance the gloamin faas
He creeps alang the heid-rig, an through the tattie-shaws,
Syne splairges through the burn, an comes sprachlin ower the stanes,
Then coories doun ahint the dyke to fricht wee weans.

I canna say I've seen him, an it's no that I am blin,
But, wheneer I pass the bour-tree, I steek ma een an rin;
An though I get a tummle whiles, I'd raither thole sic pains,
Than look upon the likes o yon that frichts wee weans.

I daurna gang that gait ma lane by munelicht or by mirk,
Oor Tam's no feart, but then he's big, an strang as ony stirk;

He says the bogle's juist the win that through the bour-tree maens.
The muckle gowk! It's no the win that frichts wee weans.

– W D Cocker –

The Coming of the Wee Malkies

Whit'll ye dae when the wee Malkies come,
if they dreep doon affy the wash-hoose dyke,
an pit the hems oan the sterrheid light,
an play wee headies oan the clean close-wa,
an bloo'er yir windae in wi the baw,
    missis, whit'll ye dae?

Whit'll ye dae when the wee Malkies come,
if they chap yir door an choke yir drains,
an caw the feet frae yir sapsy weans,
an tummle thur wulkies through yir sheets,
an tim thur ashes oot in the street,
    missus, whit'll ye dae?

Whit'll ye dae when the wee Malkies come,
if they chuck thur screwtaps doon the pan,
an stick the heid oan the sanitry man;
when ye hear thum shauchlin doon yir loaby,
chantin, 'Wee Malkies! The gemme's a bogey!'

– Haw, missis, whit'll ye dae?

– Stephen Mulrine –

The Fause Knicht upon the Road

'O whaur are ye gaun?'
Quo the fause knicht upon the road:
'I'm gaun to the scule,'
Quo the wee boy, and still he stude.

'What is that upon your back?'
Quo the fause knicht upon the road:
'Atweel it is my bukes,'
Quo the wee boy, and still he stude.

'What's that ye've got in your arm?'
Quo the fause knicht upon the road:
'Atweel it is my peit,'
Quo the wee boy, and still he stude.

'Whase aucht thae sheep?'
Quo the fause knicht upon the road:
'They are mine and my mither's,'
Quo the wee boy, and still he stude.

'How mony o them are mine?'
Quo the fause knicht upon the road:
'A they that hae blue tails,'
Quo the wee boy, and still he stude.

'I wiss ye were on yon tree,'
Quo the fause knicht upon the road:
'And a gude ladder under me,'
Quo the wee boy, and still he stude.

'And the ladder for to break,'
Quo the fause knicht upon the road:
'And you for to fa doon,'
Quo the wee boy, and still he stude.

'I wiss ye were in yon sea,'
Quo the fause knicht upon the road:
'And a gude bottom under me,'
Quo the wee boy, and still he stude:

'And the bottom for to break.'
Quo the fause knicht upon the road:
'And ye to be drowned,'
Quo the wee boy, and still he stude.

– Traditional –

The Wee, Wee Man

As I was walkin a alane
    Atween a water and a wa,
O there I spy'd a wee, wee man,
    An he was the least that ere I saw:

His legs were scarce a shathmont lang,
    And thick and thimmer was his thie;
Atween his broos there was a span,
    An atween his shouthers there was three.

He took up a mickle stane,
    And flang't as faur as I could see;
Though I had been a Wallace wight
    I couldna liften't to my knee.

'O wee, wee man, but thou be strang,
    O tell me whaur thy dwellin be?'
'My dwellin's doon at yon bonnie booer,
    O will you gang wi me and see?'

On we lap, and awa we rade,
    Till we cam to yon bonnie green;
We lichtit doon to bait oor horse,
    And oot there cam a leddy fine.

Four-and-twenty at her back,
    And they were a' clad oot in green;
Tho the King o Scotland had been there,
    The warst o them micht hae been his queen.

An on we lap, an awa we rade,
    Till we cam to yon bonnie ha,
Whaur the roof was o the beaten gowd,
    And the flair was o the cristal a':

An there were harpins lood an sweet,
    An leddies dancin, jimp and sma;
But in the twinklin o an ee
    My wee, wee man was clean awa.

                      – Anon –

Beasties

Doric – Reggae – Spider Rap

Zippin up an doon a string
    A yo-yo daen the Heilan fling.
Pit-mirk's ane o Dracula's dothers
    Legs in aa the airts
Like an octupus's oxters.
    Aa drapt stitches,
    Yon's her wyvin,
Etts mochs an midgies,
    Wippit up in slivverin.
Forkietails for brakfast,
    Flechs for tea;
    Aa washed doon wi
    Horneygolloch bree!
Stauns in the bath like a tattie-bogie,
Maks me shakk like a feart auld fogie.
    Spider, jiggin on a traicle drum –
    Paradiddle, paradiddle,
Prum, prum PRUM!
               – Sheena Blackhall –

The Horny Gollach

The horny gollach's an awesome beast,
    Souple an scaley;
He has twa horns an a hantle o feet
    An a forkie tailie.
               – Anon –

A Whigmaleerie

There was an Auchtergaven mouse
(I canna mind his name)
Wha met in wi' a hirplin louse
Sair trauchl'd for her hame.

'My friend, I'm hippit; and nae doot
Ye'll heist me on my wey.'
The mouse but squinted doun his snoot
And wi' a breenge was by.

Or lang he cam to his ain door
Doun be a condie-hole;
And thocht, as he was stappin owre;
Vermin are ill to thole.

— William Soutar —

Beasties

Clok-leddy, clok-leddy
　　Flee awa' hame,
Your lum's in a lowe,
　　Your bairns in a flame;
Reid-spottit jeckit,
　　An polished black e'e,
Land on my luif, an bring
　　Siller tae me!

Ettercap, ettercap,
    Spinnin your threid,
Midges for denner, an
    Flees for your breid;
Sic a mischanter
    Befell a bluebottle,
Silk roond his feet –
    Your hand at his throttle!

Moudiewarp, moudiewarp,
    Howkin an scartin
Tweed winna plaise ye,
    Nor yet the braw tartan,
Silk winna suit ye,
    Naither will cotton,
Naething, my lord, but the
    Velvet ye've gotten.

       – Helen B Cruickshank –

The Kirk Moose

I'm a wee kirk moose an I haven't got a name,
But thon muckle kirk at the corner is ma hame,
Wi the cock on the steeple an the bell that gangs 'D-I-N-G!'
An I wish that I was big enough to gaur it gie a ring.

I can sing a the psalms, I can say a the prayers,
An I whiles do a dance up an doon the pulpit stairs.

I ken a the texts, I can find them in the Book,
An there's mony a human-bein wi nae notion where to look.

When the meenister says 'Firstly' an the folk a settle doon,
I gang creepin-creepin-creepin in amang their Sunday shoon;
An I'm wishin, as I'm jinkin frae the passage to the pew,
That they'll mebbe drop a pandrop or a peppermint to chew.

For I'm sometimes awfu hungry, an there's naethin much to eat
Except the paraphrases or a hymn-book for a treat.
I've eaten the Auld Hunner, I've chowed Beatitudes,
But I canna say I've found them just the tastiest o foods.

I'm a wee kirk moose an I haven't got a name,
But I'm really quite contented, it's just ma empty waim;
So I'm hopin that some Sunday, wad ye mind aboot me, please?
An bring me in your bible just a wee bit taste o cheese?

– Lavinia Derwent –

The First Hoolit's Prayer

'A'll tak the nicht-shift,' says the hoolit.
'The nicht-shift suits me fine –
An i the deeps o winter
A'll aye dae the overtime.

'Dinna send me wi thae ithir birds
cheepin in a choir

51

i the gloamin or at brek o day
lined up oan a wire.

'But gie tae me a solo pairt,
markin oot the nicht
wi low notes that gie goose-pricks
an hie anes that gie frichts.

'An Lord, dinna pey me
wi nuts or crumbs or seeds:
A want tae be carniverous,
an chow aff rottans' heids!

– Ian McFadyen –

Dandie

Come in ahint, ye wanerin tyke!
Did ever body see yer like?
Wha learnt ye a' thae poacher habits?
Come in ahint, ne'er heed the rabbits!
Noo bide there, or I'll warm yer lug!
My certie! Ca yersel a doug?
Noo ower the dyke an through the park;
Let's see if ye can dae some wark
'Way wide there, fetch them tae the fank!
'Way wide there, yont the burn's bank!
Get roon aboot them! Watch the gap!
Hey, Dandie, haud them frae the slap!

Ye've got them noo, that's no sae bad:
Noo bring them in, guid lad! Guid lad!
Noo tak them canny ower the knowe –
Hey, Dandie, kep that mawkit yowe!
The tither ane, hey, lowse yer grip!
The yowe, ye foumart, no the tip!
Ay, that's the ane, guid doug! guid doug!
Noo haud her canny, dinna teug!
She's mawkit bad; aye shair's I'm born
We'll hae tae dip a wheen the morn.
Noo haud yer wheesht, ye yelpin randie,
An dinna fricht them, daft doug Dandie!
He's ower the dyke – the deil be in't.
Ye wanerin tyke, come in ahint!

– W D Cocker –

The Puddock (the frog)

A puddock sat by the lochan's brim,
An he thocht there was never a puddock like him.
He sat on his hurdies, he waggled his legs,
An cockit his heid as he glowered throu the seggs.
The bigsy wee cratur was feelin that prood
He gapit his mou an he croakit oot lood:
'Gin ye'd aa like tae see a richt puddock,' quo he,
'Ye'll never, I'll sweer, get a better nor me.
I've femlies an wives an a weel-plenished hame,
Wi drink for my thrapple an meat for ma wame.

The lasses aye thocht me a fine strappin chiel,
An I ken I'm a rale bonny singer as weel.
I'm nae gaun tae blaw, but the truth I maun tell –
I believe I'm the verra MacPuddock himsel.'

A heron was hungry an needin tae sup,
Sae he nabbit the puddock an gollup't him up;
Syne runkled his feathers: 'A peer thing,' quo he,
'But puddocks is nae fat they eesed tae be.'

– J M Caie –

The Hen's Lament

It's nae delight tae be a hen
Wi clooks an claws an caimb
Reestin wi the rottans
In a hen-hoose for a hame.

Nae sunner div I settle doon
My clutch o bairns tae hatch
The fairm-wife comes – a scraunin pest –
She cowps me aff ma cosy nest
A tarry-fingert vratch.

Jist lately though, she's changed her tune –
Ma plaitie's piled wi corn.
'Sup up, ma bonnie quine,' says she,
'We're haein broth the morn!'

– Sheena Blackhall –

The Racing Pigeon

The doo smeekt up intil the lift,
Frae Rennes-Ward it flew,
A siller-checkit, pink eed bird,
A hame-ward racin doo.

Win hame, win hame, her hert said lood,
Win hame afore the nicht,

Gin ye sit on a clood an scart your heid,
Ye'll need the starnes licht.

The wind gied a gurry an blew gey strang,
Jaggit cloods duntit her sair,
An the sun keekit oot on the daft-like bird,
Cuttin wee holes in the air.

Syne doon faur doon she glimp'd the waves,
Castin their heids on hie,
But she focht on abune till the rain fell doon,
Near blint her roon-ringet ee.

Still faur frae hame, whan gloamin cam,
In a frichtenin lan o mirk,
Forfochend a wee, she lichtit doon,
Pit her held aneath her sark.

An dreamt a dream o ripe-stookit corn,
An a daunerin burn near dry,
A saft feather bed amang the strae
An a gether o freens ootbye.

Weel, did she win hame? Oh ah canna tell.
There's a lost doo sits in that tree,
Comes speirin doon at my feet as ah write –
An that's guid eneuch for me.

                              – Sandy Thomas Ross –

The Lost Collie

No a face that I ken,
    Thrangity, reek an noise,
Naething but strange-like men,
    An weans wi their ain bit ploys.
Seekin him far an near,
    My hert dunts fast an faster;
    Shairly somebody here
      Kens whaur he's gane, my master!

Cockin my anxious lugs,
    Hidin my fears doon deep,
Speirin at daft-like dugs
    That hae na the smell o sheep;
Tryin to fin some trace
    In a' the streets I've crossed.
Keekin in ilka face
    Does naebody ken, I'm lost?

                  – W D Cocker –

'Glen', A Sheep Dog

I ken there isna a pint in yer heid,
    I ken that ye're auld an ill,
An the dogs ye focht in yer day are deid,
    An I doot that ye've focht yer fill;
Ye're the dourest deevil in Lothian land,

But, man, the hert o ye's simply grand;
Ye're done an doited, but gie's yer hand
   An we'll thole ye a whilie still.

A daft-like character aye ye've been
   Sin the day I brocht ye hame,
When I bocht ye doon on the Caddens green
   An gied ye a guid Scots name;
Ye've spiled the sheep an ye've chased the stirk,
An rabbits was mair tae yer mind nor work,
An ye've left i the morn an stopped till mirk,
   But I've keepit ye a the same.

Mebbe ye're failin an mebbe I'm weak,
   An there's younger dogs tae fee,

But I doot that a new freen's ill tae seek,
　　An I'm thinkin I'll let them be;
Ye've whiles been richt whaur I've thocht wrang,
Ye've liked me weel an ye've liked me lang,
An when there's ane o us got tae gang –
　　May the guid Lord mak it me.

　　　　　　　　　　　　　– Hilton Brown –

The Moose and the Lion

　　Ae day intil a lion's den
　　A little moose came creepin.
　　He didna mind the lion,
　　For he thocht that it was sleepin.

　　But Lion woke an caught the moose,
　　'I've got ye noo!' cries he.
　　'Ye'll mak a tasty little snack
　　Afore I get my tea.'

　　'I'm sorry sir,' the moosie squeaked,
　　'For spilin your lang lie.
　　O please sir, dinna aet me;
　　I'm nae tasty onywye.

　　'O please sir, please sir, let me go.
　　If ye'll only set me free,
　　Some day I'll come an pey ye back,
　　In return for helpin me.'

The lion roared wi lauchter,
'Ye'll pey me back indeed!
Get oot o here ye cheeky moose,
Afore I bite your heid.'

The moosie thanked his stars and fled
Oot o the lion's den.
The lion gave a chuckle,
An fell asleep again.

Ae nicht the muckle lion
Got tangled in a trap:
He hadna seen the hunters' net
Laid oot along the track.

The mighty lion trappit,
Like a mappie in a net!
He gave a fearsome roar o rage:
He wasna finished yet!

He warsled an he struggled,
But the mair he chauved an fought,
The tichter grew the meshes:
He was well an truly caught.

Peer Lion started greetin,
For he thocht that he wid dee.
But he heard a moosie squeakin:
'It's a richt sir. It's me!'

'O please sir, dinna struggle.
Dinna fash yoursel or fret.
Jist lie there sir, as still's ye can,
An I'll nibble through the net.'

In anither twathree oors
Moose had got the lion oot;
Fa said, through tears o gratitude,
'Ye've saved my life ye brute.

'I never wid hae thocht it:
A scabby little moose.
I'd like to drink your health freen,
If ye'll jine me at my hoose.'

Gweed gear can be sma boukit,
As the lion realized.
An ye canna judge a moosie
Nor a mannie, by the size.

– Robert Stephen –

Greyfriars Bobby

He didna hae a pedigree the length o Castlewynd,
Hae graces, like a lap-dug or a pug.
A tyke, he wis, a terrier, a towzy kinna beast –
But, man, he was a faithful wee bit dug!

'Auld Jock,' they ca'd his maister, a ploughman tae the trade,
They say he cried the wee bit cratur, 'Bobby';

Byornar, though, the wey the beastie ran ahint the plough,
An hindered Jock by ingle, byre and lobby.

But when his maister de'd pair sowell, the duggie didna ken
That frae the grave, alas, there's nae returnin,
An win an weet in Greyfriars, Bobby sat for fourteen year,
Fu mony a wintry nicht an weary mornin.

Sae when I tak a turn aboot the Cannlemakker Row,
I'm minded aft tae clap ye on the lug;
Wee statue that they made ye, little wunner they displayed ye –
For man, ye were a faithful wee bit dug!

– E M Sulley –

Michael

It's the best steak mince for Michael,
Aye, it's only the best for Mick,
Ma daddy near faints when he sneezes,
An goes aff his heid when he's sick.

Ahm fed up wi jaikets an troosers
Cut doon frae ma daddy's auld suits,
But Mick got a coat for his Christmas,
Forbye he got two perra boots.

Yon nicht ah wiz shiverin an sweatin,
It wiz through getting soaked ah suppose,
Ma mammy said – he's got a temperature!
An ma daddy felt Michael's nose.

Sit back frae the fire! says ma daddy,
Let Michael streitch oot on the rug!
Aye Michael's a durrty big greyhound,
An ah get the life o a dug!

– Jimmy Copeland –

Giraffe

ho
It wis a laugh
been
a giraffe like
ma neck
goat sneckit
in this tree
so ah says
haw Sara
an she says whit
way ur ye stannin
aa bandy-leggit
ah says
so help me
get
yir
giraffe
free

– Ian Hamilton Finlay –

Magnus, da Yöl Pony

Santy cam in trowe da lambie-hoose door
whar Magnus wis neebin his lane.
'A'm needin dy help, fur een o my deer
is snappered an med himsel lame.'

'But I canna flee' said Magnus, 'in truth
A'm telt dat A'm clushit and crabbit.'
'Nivver leet' said auld Santy, 'I need dee da nicht
fur this bag is sae heavy an stappit.'

So he yokit up Magnus wi bend an wi bells
an left da hirplin deer bedded;
'Noo tak a deep breath an wir up i da cloods!'
Dey lifted aft just is he said hit.

'We'll hae ta hurry, der's a lock ta be dön
a time zone ta cross every hour
or da sunrise'll catch wis oot i da aest
sae "sigg im!" se aa dy po'er.'

Dey med every hoose bi da end o da nicht
is da wirld turned roond tae da sun;
dan dey slippit aff Magnus, wi tanks an a wave
at da lambie-hoose whar dey'd begun.

Is peerie bairns waakened apö da Yöl moarn
dey wis blyde ta see Santy hed been.
Little tocht dey a pony hed sped trowe da lift.
Ta Magnus hit seemed lik a draem.

– Christine De Luca –

Magnus, the Christmas Pony (translation)

Santa came in through the little barn door
where Magnus was dozing alone.
'I'm needing your help, for one of my deer
has stumbled and made himself lame.'

'But I cannot fly' said Magnus, 'in truth
I'm told I'm bad-tempered and clumsy.'
'Never heed' said old Santa, 'I'll need you tonight
for this bag is jam-packed and so heavy.'

So he yoked up Magnus with harness and bells
and left the crippled deer bedded;
'Now, take a deep breath and we're up in the clouds!'
They lifted off just as he said it.

'We'll have to hurry, there's a lot to be done,
a time zone to cross every hour
or the sunrise will catch us out in the east
so, hoof it! Use all your power.'

They reached every house by the end of the night
as the world turned round to the sun;
then they dropped Magnus off, with thanks and a wave
at the little barn where they'd begun.

As children woke early upon Christmas Day
they were glad to see Santa had been.
Little thought they a pony had sped through the sky.
To Magnus it seemed like a dream.

– Christine De Luca –

65

Ballads
and Battles

Sauchieburn

Lord Lindsay brocht unto the King
    Ane courser greit and gray:
'Here is the hors, my Sovereign Lord,
    That ye sould ride this day.

For heich upon this great gray hors
    All men the King may see;
But if the King sould lose the fecht,
    This hors sall swiftest flee.'

But up and spake young Ramsay then,
    That stude beside the King:
'Tae speik o flycht before the fecht,
    'Tis ane unchancy thing!

'Yon hors is ane unchancy gift –
    It can nae weill betide.
Sae may it please my Sovereign Lord
    His ain gude hors to ride.'

But the King he tuk Lord Lindsay's hand,
    'The gift wes kindlie gevin,
And the hors is worthie of a King,
    Tho it was the King of Hevin.'

'This hors,' quod Lindsay, 'like mysel
    Is your gude servant leill,
But wilder than the wild nor wind,
    And ye maun sit him weill.'

The King he mounted on the hors,
Speik Ramsey what he may:
'Now gang ye weill, my gude gray hors,
And we sall win the day!'

But it befell that eftir noon
Lay deid upon the field
See mony o the King's leill men
That he maun flee or yield.

The King tuk off his Lyouns coat,
The King tuk off his croun;
An the gude sword o King Robert Bruce,
The King hae laid it doun.

Withouten croun, or sword, or coat,
All in his armour brycht,
He spurrit his hors free Sauchieburn
As ony nameless knycht.

He spurrit till the blude ran doun,
Nor ever lookit behind,
And the gray hors carryit him awa
Mair swiftly than the wind.

Anon he came to Bannockburn,
Where hard by Betoun's Mill
Ane auld wife kneelit by the burn
Ane erden pigg to fill.

Sche saw the King come spurrin on –
    Away sche fled for fear –
And o'er the pigg sche had kest doun
    The hors laipe like ane deer.

The King he keepit nocht his seat –
    He did but evill ride:
Rycht heavilie the King did fall,
    And lay by the burn side.

The auld wife brocht her ain gudeman:
    'O 'tis ane piteous sycht
Tae see lie swound upon the ground
    Sae gude and fair a knycht!'

They tuk off all his armour brycht,
    And brocht him tae the mill.
They laid him doun upon the ground
    Where he lay deidlie still.

Anon they saw him ope his eyn,
    Whilk glaiddit them tae see.
'What is your name, Schyr Knycht?'
    Quod they, 'and what is your degree?'

'My name,' quod he, 'ye weill may ken –
    I wes your King at morn;
I wes the heichest in the land,
    That now lyis heir forlorn.

'Gudewife, wha hes me kindness schawn,
 I on your mercie call –
Gae out and seik for me ane priest,
 That I may save my saull.'

'Ane priest! ane priest!' the gudewife cried,
 'Ane priest the King to shrive!
O wha will come unto the King,
 Tae save his saull alive!'

'Now heir am I,' ane horsman said
 'And I can do this thing.'
He lichtit doun frae off his hors –
 'Now bring me tae the King.'

He kenned him by his lang black locks,
 And by his face sae fair;
He kneelit doun beside the King.
 'I fear ye are woundit sair.'

'Aye sairlie am I hurt,' quo he,
 'Full heavilie I fell;
But whether I maun die or leive,
 Of that I can nae tell.

'But whether I maun die or leive,
 Now fain would I be shriven,
For els tae mony are my sins
 To tak my saull to Hevin.'

'I care nocht for your mony sins,'
    That feinzit priest did say:
'God pardon thame or punisch thame,
    For ye maun die this day!'

He strak the King wi' mony straiks,
    Whilk percit him tae the hairt;
Then secreitlie that feinzit priest
    All skaithless did depairt.

Allace! Allace for Scotland's King
    Wha in ane direful neid,
Hae speirit for ane Christian priest,
    And met ane cruell deid.

– Caroline Bingham –

Sherriffmuir

Some say that we wan,
    Some say that they wan,
And some say that nane wan at a, man;
    But o ae thing I'm sure,
    That at Sherriffmuir,
A battle there was that I saw, man;
    And we ran, and they ran,
    And they ran, and we ran,
And we ran and they ran awa, man.

– Attributed to Rev. Murdoch McLennan –

The Ballad of Macbeth

It fell in guid King Duncan's day,
    When Scots were kittle cattle,
That bauld Macbeth was sent to fecht
    The Danes, and won the battle.

He gied the reivin loons their paiks;
    Their galleys a were sunken.
As prood as Punch, Macbeth said, – 'Fegs!
    But this'll please King Duncan!'

And sae he took the hameward gate,
    His pipers loodly blawin';
But nane could blaw as lood's Macbeth,
    He was the cock for crawin!

As he cam in by Forres toun,
    He met three bletherin witches;
He lippened to their claverin tongues,
    They promised him great riches.

And yin auld carlin, far frae blate,
    At her twa cronies winkin,
Cried – 'Hail! Macbeth, oor future King!'
    Guidsakes! that set him thinkin.

King Duncan, when Macbeth cam hame –
    Jist as foretel't the witches –
Gied him braw titles, honours, lands
    An splairged aboot the riches.

And yet Macbeth was keen for mair
    (Some folk micht tak a scunner);

He thocht – 'Twas said that I'd be King –
    Hoo could that be, I wunner?

'I'll ask the wife, she'll maybe ken.'
    He telt his winsome leddy;
She was gey gleg to tak' the hint –
    'Gae get your dagger ready.

'This nicht King Duncan ludges here;
    The problem ye maun grapple;
When he's asleep, jist tak your dirk
    And stick it in his thrapple.

'And ne'er let on ye did the deed;
    But raise a shout o "Treason!";
And, to uphaud the throne, sit on't –
    A patriotic reason.'

Macbeth was kin o sweer to play
    This plisky on his master: –
'Would that no be a dirty trick?
    We'll aiblins meet disaster.

'Awa, awa, ye caitiff loon,
    The priest'll sain your sinnin;
Gin ye're sae feart, I'll dae't masel;
    A croon's weel worth the winnin.'

The throuither limmer had her will;
    Auld Duncan's oors were numbered,
That nicht Macbeth jinked up the stair
    To whaur his master slumbered.

The sentries wi a lavish haun
    Had been weel filled wi whisky;
They slept as soon's the deid, and bore
    The wyte o that nicht's plisky.

Neist morn, King Duncan's corp was found.
    The courtiers, backward shrinkin,
Heard bauld Macbeth cry –
    'Oh, wae's me! I'll tak the throne, I'm thinkin.'

The switherin nobles couldna tell
    To gree or to refute it;
Though a' jaloused the deed Macbeth's,
    They said nae mair aboot it.

They feared to gang that gate theirsels.
    To carry things still further,
Macbeth pit rivals oot the road –
    For murther leads to murther.

And though wee Malcolm, Duncan's heir,
    Escaped clean ower the Border,
Syne bauld Macbeth sat on the throne,
    And brocht things into order.

His wife a Queen, himsel a King,
    And yet Macbeth felt dreary,
For ghaists o folk he'd pit awa
    Kept hauntin him sae eerie.

Yae day he socht the witches three: –
    'What's brewin' in yer kettle?
For I jalouse ye'll hae some news
    To pit me in guid fettle'.

The runkled carlin's eldritch lauch
  Was gey uncanny hearin. –
'Till Birnam Wude to Dunsinane march,
  There's nocht ye need be fearin.'

'Oh, Birnam trees are steeve and strang,
  Unless thy words be faithless,
Until they march to Dunsinane,
  I'll be a King, and skaithless.'

Macbeth gaed hame, his mind at ease;
  Then word cam frae some warder: –
'Young Malcolm and the dour Macduff
  Are marchin ower the Border.

'They come wi banner and wi drum
  A vengefu host advancin;
The sun is on their swords and spears
  And on their armour glancin.'

'E'en let them come,' quo bauld Macbeth;
  Then, 'Summon ilka vassal.
I'll to my hauld o Dunsinane,
  And keep my croon and castle'.

When Malcolm's men to Birnam cam,
  Each cut a bough asunder,
And held the branch abune his heid
  To march its shelter under.

'What's this that comes?' cried fey Macbeth,
  'Dae my twa een deceive me?
Dae ghaists and trees thegither walk
  To gar my reason leave me?

'Come death, come doom!' He fechtin fell;
    Sic bluid the soil enriches.
Tak warnin, folk, and lippen nocht
    To tales o bletherin witches.

                        – W D Cocker –

Bonnie George Campbell

Hie upon Hielands,
        and laigh upon Tay.
Bonnie George Campbell
        rode out on a day.

He saddled, he bridled,
        and gallant rode he,
And hame cam his guid horse,
        but never cam he.

Out cam his mother dear,
        greeting fu sair,
And out cam his bonnie bryde,
        riving her hair.

'The meadow lies green,
        the corn is unshorn,
But bonnie George Campbell
        will never return.'

Saddled and bridled
        and booted rode he,

A plume in his helmet.
A sword at his knee.

But toom cam his saddle,
all bloody to see,
Oh, hame cam his guid horse,
but never cam he!

– Anon –

Sir Patrick Spens

The king sits in Dunfermline toun,
Drinking the bluid-red wine;
'O whaur will I get a skeely skipper
To sail this new ship o mine?'

O up and spak an eldern knight,
Sat at the king's right knee;
'Sir Patrick Spens is the best sailor
That ever sailed the sea.'

Our king has written a braid letter,
And sealed it wi his hand,
And sent it to Sir Patrick Spens,
Was walkin on the strand.

The first word that Sir Patrick read,
Sae loud, loud, laughed he;
The neist word that Sir Patrick read
The tear blinded his ee.

'O wha is this has done this deed,
   And tauld the king o me,
To send us oot at this time o the year,
   To sail upon the sea?

'Mak ready, mak ready, my merry men a'!
   Our gude ship sails the morn.'
'Now, ever alake! my master dear,
   I fear a deadly storm!

'I saw the new moon late yestreen,
   Wi the auld moon in her arm;
And if we gang to sea, master,
   I fear we'll come to harm.'

O laith, laith, were our gude Scots lords
   To weet their cork-heeled shoon!
But lang or a' the play was played
   They wat their hats aboon.

O lang, lang, may the ladies sit,
   Wi their fans into their hand,
Before they see Sir Patrick Spens
   Come sailing to the strand!

And lang, lang, may the maidens sit,
   Wi their gowd kames in their hair,
A' waiting for their ain dear loves,
   For them they'll see nae mair.

Half owre, half owre to Aberdour
   'Tis fifty fathoms deep,
And there lies gude Sir Patrick Spens,
   Wi the Scots lords at his feet.

                          – Traditional ballad –

Bourachs

A Winter's Song

Up in the morning's no for me,
    Up in the morning early:
When a' the hills are covered wi snaw,
    I'm sure it's winter fairly.

Cauld blaws the wind frae east to wast,
    The drift is driving sairly;
Sae loud and shrill's I hear the blast,
    I'm sure it's winter fairly.

The birds sit chittering in the thorn,
    A' day they fare but sparely;
And lang's the night frae een to morn,
    I'm sure it's winter fairly.

                – Robert Burns –

The Lum Hat wantin the Croon

The burn was big wi spate,
An there cam tumblin doon
Tapsalteerie the half o a gate,
Wi an auld fish hake an a great muckle skate,
An a lum hat wantin the croon.

The auld wife stude on the bank
As they gaed swirlin roun,

She took a gude look an syne, says she:
'There's food an there's firin gaun to the sea,
An a lum hat wantin the croon.'

Sae she gruppit the branch o a saugh,
An she kickit aff ane o her shoon,
An she stuck oot her fit – but it caught in the gate,
An awa she went wi the great muckle skate,
An the lum hat wantin the croon.

She floated fu mony a mile,
Past cottage an village and toon,
She'd an awfu time astride o the gate,
Though it seemed to gree fine wi the great muckle skate,
An the lum hat wantin the croon.

A fisher was walkin the deck,
By the licht o his pipe an the mune,
When he sees an auld body astride o a gate,
Come bobbin alang in the waves wi a skate,
An a lum hat wantin the croon.

'There's a man overboord!' cries he,
'Ye leear,' says she, 'I'll droon!
A man on a boord? It's a wife on a gate,
It's auld Mistress Mackintosh here wi a skate,
An a lum hat wantin the croon.'

Was she nippit to death at the Pole?
Has India bakit her broon?
I canna tell that, but whatever her fate,

I'll wager ye'll find it was shared by a skate,
An a lum hat wantin the croon.

There's a moral attached to my sang,
On greed ye should aye gie a froon,
When ye think o the wife that was lost for a gate,
An auld fish hake an a great muckle skate,
An a lum hat wantin the croon.

– David Rorie –

The Laird o Cockpen

The Laird o Cockpen, he's proud an he's great,
His mind is taen up wi things o the State;
He wantit a wife, his braw house to keep,
But favour wi wooin was fashous to seek.

Doon by the dyke-side a lady did dwell,
At his table-head he thocht she'd look well;
McLish's ae daughter o Claverse-ha Lee,
A penniless lass wi a lang pedigree.

His wig was weel pouthered, an as gude as new,
His waistcoat was white, his coat it was blue;
He put on a ring, a sword, an cock'd hat,
An wha could refuse the Laird wi a that?

He took the grey mare, an rade cannily,
An rapped at the yett o Claverse-ha Lee;

'Gae tell Mistress Jean to come speedily ben –
She's wantit to speak to the Laird o Cockpen.'

Mistress Jean was makin the elder-flower wine:
'An what brings the Laird at sic a like time?'
She put off her apron, an on her silk goun,
Her mutch wi red ribbons, an gaed awa doun.

An when she cam ben, he bowed fu low;
An what was his errand, he soon let her know;
Amazed was the Laird when the lady said, 'Na';
And wi a laigh curtsie she turned awa.

Dumfoundered was he, but nae sigh did he gie;
He mountit his mare, an rade cannily;
An aften he thocht, as he gaed through the glen:
'She's daft to refuse the Laird o Cockpen.'

– Lady Nairne –

Tammie Treddlefeet

My name is Tammie Treddlefeet,
   I live in Shuttle Ha,
And I hae been a weaver lad
   This twenty year and twa:
Wi waft and warp, and shears sae sharp,
   My rubbin bane, my reed and heddles,

Sae nimbly as my shuttle flees,
   While up and doon I tramp my treddles.

We weaver lads were merry blades
   When Osnaburgs selt weel,
And when the price o ilka piece
   Did pey a bowl of meal.
The fowk got sale for beef and veal,
   For cash was rife wi everybody;
And ilka ale-hoose had the smell
   O roas'en pies and reekin toddy.
But fegs, sic sport was unco short,
   Thae times hae crept awa,
And left us noo wi scarce a shoe
   Or ony hose ava.
And troth I fear when meal's sae dear
   There's some fowk hardly get their sairin,
And gin the price again sud rise
   We'd a be stairved as deid's a herrin.
Gin times wad come like times that's gane
   We sud be merry a';

We'll jump and prance and lowp and dance
   Till we be like to fa
And syne you see we'll happy be,
   And ilka wab we'll hae a drink on;
We'll lauch and sing 'God save the King',
   And a' the sangs that we can think on.

                              – David Shaw –

Sea Strain

I fand a muckle buckie shell
And held it to my lug,
And shurlan doun the stanie shore
I heard the waters rug
I heard the searchers at their wark,
Waves wappan at the hull;
I heard, like some dementit sowl,
The girnin o the gull.
I heard the reeshlin o the raip,
I heard the timmers grane;
I heard the sab o a sailor's bride,
Forever burd alane.

– Albert D Mackie –

There was a Lad

There was a lad was born in Kyle,
But what'n a day o what'n a style
I doubt it's hardly worth the while
    To be sae nice wi Robin.

    Robin was a rovin boy,
    Rantin rovin, rantin rovin;
    Robin was a rovin boy,
    Rantin rovin Robin.

Our monarch's hindmost year but ane
Was five-and-twenty days begun,
'Twas then a blast o Janwar win
    Blew hansel in on Robin.

The gossip keekit in his loof,
Quo she, Wha lives will see the proof,
This waly boy will be nae coof,
    I think we'll ca him Robin.

He'll hae misfortunes great an sma,
But aye a heart aboon them a;
He'll be a credit till us a,
    We'll a be proud o Robin.

But sure as three times three mak nine,
I see by ilka score and line,
This chap will dearly like our kin',
    So leeze me on thee, Robin.

Robin was a rovin boy,
Rantin rovin, rantin rovin;
Robin was a rovin boy
Rantin rovin Robin.

              – Robert Burns –

A Mile an a Bittock

A mile an a bittock, a mile or twa,
Abune the burn, ayont the law,
Davie an Donal an Cherlie an a'
   An the mune was shinin clearly!

Ane went hame wi the ither, an then
The ither went hame wi the ither twa men,
An baith wad return him the service again,
   An the mune was shinin clearly!

The clocks were chappin in house an ha,
Eleeven, twal an ane an twa;
An the guidman's face was turnt to the wa,
   An the mune was shinin clearly!

A wind got up frae affa the sea,
It blew the stars as clear's could be,
It blew in the een of a' o the three,
   An the mune was shinin clearly!

Noo, Davie was first to get sleep in his head,
'The best o frien's maun twine,' he said;
'I'm weariet, an here I'm awa to my bed.'
   An the mune was shinin clearly!

Twa o them walkin an crackin their lane,
The mornin licht cam grey an plain, –
An the birds they yammert on stick an stane,
   An the mune was shinin clearly!

O years ayont, O years awa,
My lads, ye'll mind whateer befa –
My lads, ye'll mind on the bield o the law,
When the mune was shinin clearly!

– Robert Louis Stevenson –

The Twa Traivlers

Twa traivlers gaed ance to the Hielans awa,
I the hairst – oh! it's then that the Hielans are braw!
The tane he gaed – to be like the lave;
The tither his ane heart's yearning drave.

And when they baith were cam hame again,
Their friens and neighbours were unco fain,
And deaved them wi spierin, ane and a' –
'Weel, what hae ye seen i thae Hielans awa?'

The tane he gantit and scartit his pow –
'Oh! naething by-ordinar that I mind o:
Jist hill and heather, and loch and linn,
And the blue o the lift, and the glint o the sun.'

The tither leuch laigh, and the like spak he,
But wi blithesome face, and wi glisterin ee –
'Ay! hill and heather! and loch and linn!
And the blue o the lift! and the glint o the sun!'

– Sir Donald MacAllister –

A Christmas Poem

A cauld winter's nicht
Starn heich in the lift
    A lass wi a bairnie
    Ahint a snaa drift.

Come in through the byre
    Step ower the straw
Draw ben tae the fire
    Afore the day daw.

    The bairnie will sleep
By the peat's puttrin flame
Oor waarmin place, lassie,
    This nicht is your hame.

    Come mornin the snaa
Showed nae fuitprints at aa
Tho the lass wi the bairnie
    Had stolen awaa.

    An we mynded anither
A lang while afore
Wi a bairn in her airms
    An the beasts roun the door.

               – Josephine Neill –

The Three Kings

There were three kings cam frae the East;
They speired in ilka clachan:
'O, which is the wey to Bethlehem,
My bairns, sae bonnily lachin?'

O neither young nor auld could tell;
They trailed till their feet were weary.
They followed a bonny gowden starn,
That shone in the lift sae cheery.

The starn stude ower the ale-hoose byre
Whaur the stable gear was hingin.
The owsen mooed, the bairnie grat,
The kings begoud their singin.

— Sir Alexander Gray —

23rd Psalm (Shepherd's Version)

Wha is my Shepherd, weel I ken,
    The Lord Himsel is He;
He leads me whaur the girse is green,
    An burnies quaet that be.

Aft times I fain astray wad gang,
    An wann'r far awa;
He fins me oot, He pits me richt,
    An brings me hame an aw.

Tho I pass through the gruesome cleugh,
Fin I ken He is near;
His muckle crook will me defen,
Sae I hae nocht to fear.

Ilk comfort whilk a sheep could need,
His thochtfu care provides;
Tho wolves an dogs may prowl aboot,
In safety me He hides.

His guidness an His mercy baith,
Nae doot will bide wi me;
While faulded on the fields o time,
Or o eternity.

– Catherine Harvey –

Auld Lang Syne

Should auld acquaintance be forgot,
And never brought to mind?
Should auld acquaintance be forgot,
And auld lang syne?

For auld lang syne, my dear.
For auld lang syne,
We'll tak a cup o kindness yet,
For auld lang syne.

We twa hae run about the braes,
    And pu'd the gowans fine;
But we've wander'd mony a weary foot
    Sin auld lang syne.

We twa hae paidled i the burn,
    From morning sun till dine;
But seas between us braid hae roar'd
    Sin auld lang syne.

And there's a hand, my trusty fiere,
    And gies a hand o thine;
And we'll tak a right guid-willie waught,
    For auld lang syne.

And surely ye'll be your pint-stowp,
    And surely I'll be mine;
And we'll tak a cup o kindness yet
    For auld lang syne.

– Robert Burns –

Glossary

a'/aa: all
aa the airts: all directions
aboot: about
abune: above
ae: one
aet: eat
afore: before
aften: often
ah: I
ahint: behind
aiblins: perhaps
ain: own
aince/ance: once
aipple: apple
airmin: arm in arm
alake: alack
ana: and all
ane: one
aneath: beneath
anither: another
arnut: earth nut
athing: everything
atweel: oh, well
atween: between
aucht: are
auld: old
Auld Hunner: Old Hundredth, Psalm 100
ava: at all
aw: all
awa: away
awfy: awfully
aye: always
ayont: beyond

ba(w): ball
baffies: slippers
baikie: container for ash and rubbish
baillie: cattleman
bairn(ie): child

baith: both
ban: band
bane: bone
bannock: barley cake
bast: best
bauld: bold
bawd: hare
beekin: warming
begoud/beguid: began
bide: stay
bield: shelter
bigsy: conceited
bittock: bit
blate: slow
blaw: blow
blether: talk nonsense
blin: blind
blithe: happy
bloo'er (blooter): smash
boax: box
bob: dance
bocht: bought
bogle: 1. ugly or scary ghost; 2. scarecrow
bonnie/bonny: beautiful
bourach: a confusion
boss: empty
bouk: retch
bour-tree: elder tree
bowg: stomach
brae: hillside
braid: broad
braw: fine, handsome
breeks: trousers

breenge/breinge: rush
breid: bread
bridder/brither: brother
brim: edge
brocht: brought
brod: brad, bradawl
broon: brown
brunt: burnt
buckie: whelk
buke: book
burd-alane: single
burn: stream
byne: tub
byordinar: unusual
byre: cowshed

ca: drive
caa: call
cadger: carter
caimb: comb
caller: fresh
cam: came
canna(e): can't
canny: careful
carlin: old woman
carrids: carrots
cartes: cards
catechis: catechism
cauf: calf
cauld: cold
caunle: candle
caup: bowl
causey: road
caw: knock
certie: to be sure
chaikid: jacket
champit: mashed
chap: knock, strike
chauve: struggle
chiel: lad
chitter: shiver

chooky: chicken
choost: just
choosy: juicy
chouks: cheeks
chow: chew
chucky: stone
chynge: change
clachan: small village
claes: clothes
claid: clothed
clarty: dirty
claver: gossip
claw: scrape
cleuch: gully
clok-leddy: ladybird
clood: cloud
clooks: spurs
clootie: rag
closs: lane
condie-hole: drain
coof: fool
coorie: crouch down; nestle
corp: corpse
coup: knock over
cowp: tip
crabbit: bad-tempered
crack: gossip
craggit: long-necked
cratur: creature
creel: deep basket
croon: crown

da: the
dae: do
daud: large piece
daurna: dare not
daw: dawn
dead: very

dee: 1. die; 2. you
deean: dying
deevil/deil: devil
denner: dinner
died: dead
dike/dyke: wall
dine: dinner-time
dinna: don't
dirl: echo
disnae: doesn't
div: do
docken: dock (leaf)
doit: small coin
doited: confused
don/dune: done
doo: dove, pigeon
dool/dule: sorrow
doon/doun: down
doot: doubt
doss: sleep
dother: daughter
doug/dug: dog
douk: duck
dour: 1. obstinate; 2. sullen
dozent: half asleep
dreep: drip
droon: drown
dub: puddle
dunnle: clang
dunny: basement
dunt: beat, bump

'e: the
ee, een: eye, eyes
eftir: after
eldern: old
eldritch: uncanny
eneuch: enough
erden: earthen
ettercap: spider

fa: 1. who; 2. fall
fahr: where
fain: gladly
fallow: fellow
fan: when
fand: found
fank: sheep pen
fash: worry

fashous: troublesome
fat/fit: what
faur: far
faulded: sheltered
fause: false
feart: frightened
fecht: fight
fee: hire
feenish: finish
fegs: goodness!, indeed!
feinzit: fiendish
fey: 1. from; 2. doomed
fiere: friend
fin: 1. find; 2. when
fit: 1. foot; 2. what
fitba/fi'baw: football
fite: white
fitter: potter about
flair: floor
flech: flea
flee: fly
fleg: fright
fleur: flower
flycht: flight
foazie: flabby
focht: fought
foosum: dirty
forbye: besides
forfochend: exhausted
forgie: forgive
forkietail: earwig
foumart: polecat
fower: four
fowk: folk
frae: from
freen: friend
fricht: fright
fu: full
fule: fool
fur: for
futt'rat: weasel

gae/gang, gane: go, gone
gaed: went

gantan: yawning, gaping
gar/gaur: make
gaun: going
gemm's a bogey: game's up
gether: gather
gey: very
gie, gied: give, gave
gin: if
girn: complain
girse: grass
glaiddit: gladdened
glaikid/glaikit: stupid
glaur: mud
gleg: quick
gloamin(g): twilight
glower: gaze
goat: got
gowd: gold
gowan: daisy
gowk: fool
gravat: (neck)tie
green: lawn; grassy ground
greet: sob
grue: fright
guddle: play messily
guid/gude: good
guidman: head of the house
guid-willie: goodwill
guiser: dressing up in disguise (usually at Halloween)
guisin: going from door to door as a *guiser*
gundy: toffee
gurry: flurry
gweed: good

hae: have
hail: whole
hairst: harvest
halflin: young lad

hame: home
hansel: new gift
hantle: large number
happit: wrapped
haud: hold
haud yer wheesht: be quiet
haun: hand
heich/heigh: high
heid: head
heid-rig: last ridge in a field
Heilan: Highland
herr: hair
hert: heart
hervistin: harvesting
heyt: heat
hie: high
hippit: lamed
hirple: hobble
hishie: whisper
hoolit: owl
hoose: house
horniegolloch/ horny gollach: earwig
hose: stockings
hotter: heat up
howk: dig
hurdies: haunches
hurly: go-cart
huv: have

idjit: idiot
ilka: every
ingle: hearth, fireside
intil: into
isna: isn't
ithir: other

jalouse: suspect
jeckit: jacket
jeely: jelly
jimp: neat
jine: join
jings: a mild exclamation
jink/jouk: dodge
jowp: splash

kaim: comb
keek: look
ken, kent: know, knew
kinna: kind of
kirk: church
kirn-feast: harvest festival
kitlin: kitten
kittle cattle: unmanageable folk
knicht/knycht: knight
knowe: hill
kye: cattle

lach/lauch/leuch: laugh
laich/laigh: low
laipe: leapt
lane(ly): lone(ly)
lang: long
lave: remainder
law: hill
leeze me on: I am very fond of
leill: loyal
leukit: looked
licht: light
lickit: punished
lift: sky
ligg: lie
limmer: woman
linn: waterfall
lippen: pay attention
loan: grassy path
lochan: small loch
loof: hand
loon: lad
losh: Lord!
loup/lowp: jump
lowe: blaze
lowse: loose
lug: ear
luif: palm of the hand
lum: chimney
lum hat: top hat
ma(sel): my(self)

mair: more
'mang: among
mappie: rabbit
marrow: equal
maun: must
mavis: song thrush
maw: mother
mawkit: infested with maggots
mebbe: maybe
meyt: meat
mickle/muckle: big
midden: 1. ashpit; 2. refuse heap; 3. a mess; 4. a dirty, slovenly person
min(d): remember
mirk: darkness
moch: moth
moose/mousikie: mouse
mou: mouth
moudiewarp: mole
mune: moon
murther: murder

nab: catch
nae(body/thing): no(body/thing)
neb: nose
neep: turnip
neist: next
nicht: night
no: not
nocht: nought, nothing
(the) noo: (just) now

ony(wye): any(way)
oot(bye): out(side)
ower/owre: over
owsen: oxen
oxter: armpit

paiks: punishment
pair sowell: poor soul

pandrop: peppermint
park: grassy field
pease-strae: pea straw
peer: poor
peerie: little
peit: peat
perra: pair(s) of
pey: pay, pay for
piece: sandwich
pigg: pot
pint: point
pint-stoup: pint flagon
pit: put
pit-mirk: pitch darkness
plaise: please
plaitie: plate
pleyt: plate
plisky: trick
ploy: sport, game
plunk: play truant
poke: pocket
porker: ham
pouther: powder
pow: head
pownie: pony
prood: proud
pudden: pudding
puddock: frog
puggy: cart
puin: pulling

quaet/quate: quiet
quine: lass
quo: said

raip: rope
rale: real
randie: mischievous person
ream: cream
reek: smoke
reeshle: rustle
reest: roost
reid/rid: red
reive: plunder
rig: ploughed ridge

rin: run
rive: tear
rodden-tree: rowan tree
roon(d): round
rottan: rat
rowsin: strengthening
rug: pull
runkle: ruffle
rype: ransack

sab: sob
sae: so
sain: bless
sair: sore
sairin: portion
sang: song
sanny: trainer
sapsy: soft, weak
sark: shirt
saugh: willow
Sawbath: Sabbath
scart: scrape, scratch
schule/scule: school
scraun: scrounge
scunner: 1. nuisance; 2. dislike
segg: flag iris
selt: sold
shair: sure
shathmont: about 150mm
shauchle: shuffle
shog: shake
shoon/shune: shoes
shote: look out
shouther: shoulder
shune: shoes
shurl: murmur
sic(like): such(like)
sike: streamlet
siller: money
simmer: summer
skail: leave
skaithless: unharmed

skeely: detached, free
skelp: slap
skinnylike/ skinnylinky): scrawny
skirl: shriek
skyte: dart through the air, fly, shoot out
slap: opening in a fence
slivver: slaver
sma (boukit): small (bulk)
smeek/smeik (up): (went up like) smoke
snaa/snaw: snow
sneck: latch
snoot: nose
sook: suck
soon: sound
soop: sweep
sould: should
souple: supple
sowl: soul
sowp: sup
spate: heavy rain, flooding
speel: climb
speir: ask
spile: spoil
splairge/sprachle: splash
stane, stanie: stone, stony
stappin: stepping
starn: star
staun: stand
steek: close
steeve: fixed

ster(rwell): stair(well)
stirk: bullock
stishie/stushie: bustle
stoat: bounce
stookit: stacked
stour: rush
strae: straw
strecht: straight
sudna: shouldn't
sunner: sooner
sup: eat, dine
sweer: swear
swither: hesitate
swound: swooned
syne: then

tae: to, toe, too
taen, tak: taken, take
Tammy Norie: puffin
tane: the one (used with *tither*: the other)
tapsalteerie: head over heels
tatties: potatoes
telt: told
teuchat: lapwing
Teuchter: contemptuous term for a Highlander
teystier: tastier
thae: those
thegither: together
thimmer: heavy
thir: their
thocht: thought
thole: suffer
thon: that, those

thowe: thaw
thrangity: crowded with people
thrapple/throttle: throat
threid: thread
throuither: unruly
thum: them
tim/toom: empty
tinks: tinkers
tip: tup (male sheep)
tippence: twopence
tither: see *tane*
towzy: dishevelled
traicle: treacle
traivler: traveller
trauchled: troubled
travise: partition
troosers: trousers
troot: trout
tummel/tummle: tumble
twine: separate
tyke: dog

unchancy: unlucky
unco: odd
uphaud: uphold

vratch: wretch

wab: web
wae: sad
waggletail: wagtail
waim/wame: stomach
wallies: false teeth
waly: fine
wan: 1. won; 2. one
wanert: wandered
wap: strike

wark: work
warsled: wrestled
waught: large drink (of ale)
wean: (small) child
wee: small
weel/weill: well
Weekers: Wickers (people from Wick)
wey: way
whaur: where
wheen: few
wheeple: whistle (of a bird)
whigmaleerie: fanciful notion
whiles: sometimes
whilk: which
whit: what
whit wey: why
wi: with
wicht: person
wid/wude: wood
win: wind
windie: window
winnerful: wonderful
wulk: nose
wyte: blame
wyvin: weaving

yammer: make a noise
yestreen: yesterday evening
yett: gate
yin: one
yince: once
Yöl: Christmas
yon: that (one)
youkie: itchy
yowe: ewe